꿈속에서 또 꿈을 꾸다

꿈속에서
또
꿈을 꾸다

우원규 시집

지혜

시인의 말

꿈속에서 또 꿈을 꾸는 그대에게 자그마한 위로를

2025년 3월 10일
우원규

차례

시인의 말 ———————————————— 5

1부

봄날, 꽃이 내리다 ———————————— 12

넋두리 ———————————————————— 13

갈바람의 속삭임 ——————————————— 14

풍경소리 ——————————————————— 15

봄을 훔치다 ———————————————— 16

허공의 질주 ———————————————— 17

뿌리 ———————————————————— 18

별 ————————————————————— 20

유혹 — 글라디올러스 ————————————— 21

그림자 ——————————————————— 22

원룸의 의미 ———————————————— 23

Divine Love ————————————————— 24

자작나무 ——————————————————— 25

장부의 손도장 — 안중근 의사를 기리며 ——————— 26

유리벽 ——————————————————— 28

바퀴벌레의 고독 ——————————————— 29

낙엽 ———————————————————— 30

2부

뒤틀림의 미학 ——————————— 32

천로역정 ——————————————— 33

살아 있는 너 ———————————— 35

명상 ———————————————————— 37

말할 수 없는 세월 ———————— 38

불면증 —————————————————— 39

휘파람 —————————————————— 40

가을 산행 ——————————————— 42

카오스의 변명 ———————————— 43

자화상 —————————————————— 44

시선 ———————————————————— 45

하늘 보기 ——————————————— 46

파도타기 ——————————————— 48

아웃사이더의 노래 ———————— 49

가시 ———————————————————— 50

생각의 행간 ————————————— 51

나를 심다 ——————————————— 52

3부

무당벌레의 죽음 ———————— 54

허공이 춤춘다 ———————— 55

사이의 거리 ———————— 56

생명의 여로 ———————— 57

깊은 인연 ———————— 59

꿈속에 갇히다 ———————— 60

행복 1 ———————— 61

별빛에 취하다 ———————— 63

빙글빙글 소꿉장난 ———————— 64

저 높은 곳을 향하여 ———————— 66

단풍 ———————— 67

나체 ———————— 68

제왕의 DNA ———————— 69

백조 ———————— 70

태양의 여인 ———————— 71

무언의 선율 ———————— 72

불상 ———————— 73

4부

이방인들 ——————————— 76

행복 2 ——————————— 77

지상낙원 ——————————— 79

꽃잎 ——————————— 80

과도를 씻으며 ——————————— 81

해바라기 ——————————— 82

거울 속의 연극 ——————————— 84

엄마를 불러봐요 ——————————— 85

키스 ——————————— 87

엑스트라가 사는 법 ——————————— 88

누구나 혹 하나씩 달고 산다 —————— 90

나도 꽃이다 ——————————— 92

매화나무 앞에 서서 ——————————— 93

꿈속에서 또 꿈을 꾸다 ——————————— 94

혁명의 장미 ——————————— 97

날아라 셔틀콕 ——————————— 98

향 ——————————— 99

5부

산이 웃는다 ──────── 102

Sad Walking ──────── 104

파리의 꽃 세상 ──────── 105

이유 없는 이유 ──────── 106

달맞이꽃 ──────── 108

가을 정원 ──────── 109

자유 ──────── 110

위로 ──────── 111

암전 ──────── 113

가을비 ──────── 114

창밖의 세상 ──────── 115

그들만의 세상 ──────── 116

동짓날 밤 ──────── 117

손으로 보는 연희 ──────── 118

그림자 사랑 ──────── 119

검劍 ──────── 120

젊음의 끝 ──────── 121

해설 • 꿈속에서 또 꿈을 꾸다 • 반경환 ──────── 123
　　　─ 우원규의 시세계

1부

· **일러두기**

페이지의 첫줄이 연과 연 사이의 띄어쓰기 줄에 해당할 경우 >로 표
시합니다.

봄날, 꽃이 내리다

어둑한 골목길
보슬보슬 내리는 봄비
인적은 없고
밤을 부르는 고요한 속삭임만 처량하다

어디선가 가로등 불빛에 번지는
안식의 휘파람 소리 들린다
시끌벅적 요란한 도시를
다소곳이 잠재우는 자장가
소곤소곤 내린다

끝을 잃어버린 긴 번뇌 뒤에
오랜만에 내려오는 평온의 소식
시간이 멈춘 듯
나도 진공이 된다

싱그러운 꽃은
떨어지는 소리조차
봄날이다

넋두리

닳고 닳은 이야기들
어제도 울었고
오늘도 웃었던
뻔한 이야기들

한 송이 가녀린 넋이
이승과 저승 사이를
길을 잃고 돌고 돌며
꿈속에서 또 꿈을 꾸네

갈바람의 속삭임

양손에 하나씩 과자를 사들고
집으로 뛰어가는 꼬마의 세상을 다 얻은 듯한 행복을 볼 때
공원 벤치에 나란히 앉아 누가 보든 말든
프렌치 키스를 진하게 즐기는 연인들의 사랑을 볼 때
단풍나무 아래에서 붉게 물든 눈송이가
갈바람에 우수수 떨어져 쌓이는 낭만을 볼 때
아장아장 걷고 있는 아기의 웃음소리에
손뼉 치며 얼러주는 아기 엄마의 미소를 볼 때
지루한 비가 그친 뒤 야생초 정원을 거닐다가
말간 하늘에 그려진 무지개의 환희를 볼 때

알게 된다
아직 절망을 이야기하기엔 너무 이르다는 것을

풍경소리

절에 가면
비우는 맛이 있어
참 좋다

숲속 적막한 산사 뒤뜰엔
정답게 속삭이는 댓잎의 어울림 사이로
허공을 가르는 풍경소리만 심심하다

봄을 훔치다

나는 오늘 꽃가게 앞에서
스마트폰으로 주인 몰래
보라색 봄을 훔쳤다

허공의 질주

세련된 스타일의 샤넬이 간지 나게 걷고 있다
순간적인 객기로 갈기갈기 찢어버린다
옷속은 칠흑 같은 허공이다
영혼은 사라진지 오래다
허공이 하루 동안 발바닥에 땀이 나게 질주한다
제자리만 맴돌고 있는 구두에 땀냄새만 배어 있다
루이비통을 든 샤넬과 구찌가 만나 악수를 한다
빈 옷소매만 바람에 나부낀다
육체는 사라진지 오래다
빨간 프라다가 킬힐을 신고 섹시하게 지나간다
로렉스 시계가 반짝이는 눈으로 따라간다
허공이 키스한다
감미로운 입술은 사라진지 오래다

뿌리

내 꿈은
세상의 모든 번뇌를 여의신 부처님을 스승 삼아
운무가 고요히 피어나는 산허리에서
순결한 새벽이슬을 머금고
머루랑 다래를 따먹으며 자랐다
나라는 놈의 실체를 깨우치려 헛발질했던 세월
다리는 하늘에 심은 채
땅에 머리를 처박고 살던 시절엔
세상이 자꾸만 거꾸로 걸어 다녔다

지금은
단단한 땅에 굳건히 뿌리를 내리고
우주를 품었던 하늘의 꿈을 키우고 있다
실바람에도 풍선처럼 우주로 들려 올라갈까 봐
두 다리에 묵직한 모래주머니 하나씩 묶고
한 발 한 발 꾹꾹 밟아가며 아주 무겁게 걷고 있다

스쳐가는 한 줄기 바람에도
작지만 소중한 의미가 있음을 느낀다
아옹다옹 살아가는 하루살이의 삶에서도
헛되지 않은 깊은 섭리가 있음을 안다
닳고 닳은 뻔한 시 구절 속에서도

기고만장한 인생의 허를 찌르는 섬뜩한 통찰을 읽는다
텅 빈 헛바닥으로 우주를 갖고 놀았던 세월이 붉어진다

이제 나는 안다
내가 서 있는 지구 반대편
쓰나미가 잔혹하게 삼키고 지나간 슬픈 마을에서
땅에 독하게 뿌리를 내리고 살아가는 사람들의 심정을

.

별

오직 별 하나 바람결에 서성이고 있네
술렁이는 검은 숲 우듬지 위에

별이 숲을 낳았나
숲이 별을 낳았나
바라보는 저 눈빛이 부모인지 자식인지
인자하기도 하고
애처롭기도 하다

서로가 죄라도 지은 양
미안한 마음 고마운 마음
이승을 떠나도 내려놓지 못하네

유혹
― 글라디올러스

네 집 앞을 지날 때면
늘 힐긋힐긋 훔쳐보게 돼
담장 너머로 보이는 너의 하얀 속살

주책없이 자꾸만 돌아보게 돼
앞만 보고 가려고 해도
샤방샤방 피어나는 네 미소가 내 발목을 붙드네
오늘 아침엔
초롱초롱한 이슬 머금은 노란 속눈썹이 애간장을 녹이네

아무도 몰래 찍어 둔 네 사진들을 숨어서 혼자 보곤 해
짝사랑은 아픈 거라고들 하지
부끄러워, 아직 이름도 묻지 못했지만 순결한 너를 사랑해

오늘따라
너의 꽃봉오리 속 하얀 속살이
자꾸만 눈에 어른거린다

그림자

햇살 좋은 가을날에도
도저히 혼자 힘으로는
우뚝 설 수 없는
서글픈 잔상

온종일 내 뒤만 따라다니다
밤이 이슥해지면
아무런 말도 없이
쓸쓸하게 어둠 속으로 사라진다

오늘은 웬일인지 그림자가
기분 좋게 웃고 있다
가끔은 그런 날도 있어야겠지
카페에서 그림자와 마주 앉아
카푸치노의 뽀얀 거품을 애무하다
창백한 달빛이 어두운 골목길을 적시기 전에
청승 떨고 있는 그림자는 몰래 떼놓고
혼자서 집으로 돌아왔다

원룸의 의미

원룸의 하루는
잘 길들여진 배설이
꼭대기층에서 지하 정화조로
폭포수처럼 쏴아 비명을 지르며
낙하하면서 시작된다

위층에서 아래층으로
도미노로 강화되는 누추한 생의 의지들
옆방에 사는 커플은 또 하루분의 욕망을
고통스러운 듯 신음하고
TV 속에서 24시간 돌고 도는
꿈결 같은 영화 속에서
생의 의미를 찾아 헤맨다

손바닥만 한 방에 홀로
팔베개를 하고 누워
밤하늘 쏟아지는 별빛을 향해
온몸으로 절규한다
그로테스크한 위선 속에서도 비루하지 않은
푸른 별이 되고 싶기에

Divine Love

까마득한 언약
어렴풋한 약속의 기억
가슴 절절한 기다림의 세월

꿈속인 듯 만난 그대
보일 듯 말 듯 그대 마음
두 손 모아 묵상하니
사유 너머의 신성한 섭리인가

그대 두 눈은
깊고 아득한 밤하늘
투명하게 반짝이는 별빛
수정보다 더 깊은 고요

그대와 눈을 맞추면
나도 그대도 둘 다 사라진다
하아얀 무아 속으로

자작나무

나무는 무욕이라 무심하게 서 있다
나도 이따금씩 나무가 되고 싶다
비루한 인간의 오욕칠정을 다 버리고
말갛게 초록인 태고의 숲속에서
한 그루 하얀 자작나무로 서고 싶다

장부의 손도장
— 안중근 의사를 기리며

파란만장했던 백 년의 세월을 굽어보며
우뚝 솟아있는 굳건한 산
총칼로도 막을 수 없었던 결연한 의지는
제 살과 뼈를 깎아서
서리 맞은 키 작은 소나무처럼
나란히 서 있네

동짓달 매서운 눈보라에도 시들 수 없음은
나라 위해 세운 큰 뜻이 있음이라
임께서 벼루에 먹을 갈아 쓰신
第一江山
얼어붙은 이국의 감옥 바닥에는
조국에 대한 그리움이 강이 되어 흐르는데
움켜쥐었던 다부진 주먹 살포시 펼쳐보니
봄 산에는 골짜기마다 진달래가 붉게 흐드러졌네

의연한 임의 유골은 아직도 이국의 동토 아래
묵묵히 좌정하고 있지만
의롭게 가신 장부의 발자취는
금수강산 방방곡곡에 돌비석처럼 새겨져
모진 풍상에도 천년만년 지워지지 않으리

>
인자仁者의 투박한 손바닥 위에
가냘픈 내 손을 살며시 올려보니
장부의 뜨거운 충정이
백 년의 세월을 거슬러 붉게 용솟음치고
어느새 내 가슴도 붉게 물든다

유리벽

투명한 유리창에 연신 머리를 부딪치고 있는
말벌 한 마리를 보고 있다
실연의 아픔을 자학으로 잊으려는 듯
유리창이 부서지도록 몸을 내던지고 있다

말벌은 눈이 먼 듯
드넓은 자유의 공간은 외면한 채
조그만 유리창에 계속 헛발질을 해대고 있다
누가 뭐라고 해도
갈 길은 이미 정해졌어
이러다 쓰러져도 후회는 없어
눈앞에 향기로운 들꽃들이 내게 손짓하고 있잖아
저기 바로 눈앞에서

창 너머 서쪽 하늘엔 무심한 노을이 지고 있다
내일 아침엔
눈이 먼 시체 한 구를 발견하게 될지도 모른다

바퀴벌레의 고독

잠을 자다가 실눈 사이로 비친 검은 몸짓
맹인처럼 지팡이 두 개로 이리저리 불안을 가늠해 보며
비상경계 태세로 전진하고 있다

무엇이 그다지도 두려워
창백한 벽지 위를 저벅저벅 유령처럼 걷고 있나
사랑받기 위해 태어난 몸짓이지만
까만 밤을 비열하게 갉아 먹고 자라서
칠흑 같은 검정은 스스로를 가두는 높다란 벽이다

한껏 펼쳐도 새처럼 자유롭게 날지 못하는 날개는 어설프
기만 하다
껍질보다 딱딱한 의지는 시커먼 고독을 속으로 삭이며
냉랭한 이불 속에서 몸을 뒤척인다
외로운 순례자는
혼자서 가는 길을 걸림 없는 자유라 되뇌며
희미한 형광등 불빛에도 동공이 아리어
갈라진 벽 틈새 속에서 쓸쓸하게 잠이 든다

한 몸짓이 이유 없이 이렇게 혐오스러운 건
태초에 내려진 저주의 효력인가

낙엽

수행자의 헙수룩함을 걸치고 파계사 경내를 쓸고 있는 사내
아침부터 저녁까지 쉴 틈이 없다
산다는 건 쓸어도 쓸어도 자꾸 떨어져 쌓이는 낙엽을 치
우는 일

여름날의 화려했던 허위를 모두 벗어버린 채
적나라하게 벌거벗은 가을 나무는
수행자의 단순을 몸소 실천하고 있다
어두운 뼛속까지 솔직하게 드러낸 채
검붉은 핏빛으로 고고하게 좌정하고 있다

사내는 촘촘한 갈퀴로 긁어모은 세상의 모든 가식을 불
사른다
오욕의 침이 덕지덕지 묻어 있는 붉은 욕망들이
제 몸을 활활 태워 순수한 사리를 낳는다
낙엽이 열반에 드니 신성한 백단향이 우러난다

2부

뒤틀림의 미학

늘 씩씩해 보이는 당신에게도 눈물이란 게 있나요
잔인한 삶의 무게에 영원한 결별을 생각해 본 적 있나요
당신은 투명한 옷을 입고 있는 듯하지만
속은 하나도 보이지 않아요
털털하고 솔직한 직선 위에 겹쳐진
흩어지는 담배연기처럼
애잔하게 뒤틀린 굴곡을 봅니다
하지만 그로 인해 당신이 더 사랑스럽습니다
그로 인해 세상이 더 아름답게 느껴집니다

천로역정

　진지하게 교미하고 있는 날파리 두 마리를
　축하라도 해주듯 손바닥으로 박수를 쳐주며 잡았다
　날파리들에게는 마른하늘에 날벼락처럼 참 황당한 일이
겠다
　마치 절정의 순간에 가쁜 숨을 몰아쉬고 있는 두 남녀가
　폼페이에서 화산재를 덮어쓰고
　그대로 돌이 되어버린 순간처럼

　최고 희열의 순간에 죽을 수 있다는 것은 어쩌면 축복일
지도 몰라
　그렇게 죽기도 쉽지 않거든
　그 날파리들은 아마 천국에 갔을 거야
　천국에 가기 위해서는
　어떻게 사느냐보다 어떻게 죽느냐가 더 중요하지
　날파리들은 내게 감사해야 해

　죽는 모습도 가지가지야
　비굴하게 수명을 구걸하지 말고
　나약하게 죽음을 맞이하지 말고
　죽음을 당당히 선택해 봐
　의를 위해서 목숨 바친 영웅들처럼
　희열 속에서 죽어야 천국에 가는 거야

\>

고난으로 점철된 인생이었지만
마지막 순간에라도 행복한 척 크게 웃어봐
사는 게 못 견딜 정도로 행복하다는 듯이 소리 질러봐
그래야 천국에 가는 거야
천국으로 가는 여정에서 시시한 눈물 따윈 흘리지 마

살아 있는 너

어깨를 짓누르는
버거운 삶의 무게가
바닥도 없는 끝없는 암흑을 강요하며
한없이 추락해 갈 때도
어린아이의 순진한 눈망울로
어둠 속에서 애처롭게 죽어가고 있는
한 줄기 가느다란 빛을 응시하는
너

삶은
괜스레 스쳐 지나가는 바람 같은 꿈이라기보다는
왠지 모르게 불편한 몹쓸 꿈에 가깝지만

살아 있다는 건
깜깜한 동굴 속에서
이유 없는 고문으로 문드러진 피투성이 손으로
간신히 부싯돌을 움켜쥐고
딱! 딱! 소리를 부딪쳐 어설픈 빛을 만드는 일을 반복하
는 거야

목구멍에서 그렁그렁하다가
길게 내뱉어진 마지막 숨이

새끼 고양이의 눈썹 사이를 떠도는 동안
한 번이라도 진정으로 뜨겁게 살아 있었던 적이 있었나
후회는 해도 그만
안 해도 그만
달라질 건 없어

명상

온 우주가 곤한 잠에 빠져있는 명징한 새벽
가부좌를 틀고 앉아 고요히 명상에 든다
한 줄기 거친 숨결 따라
홀연히 한 생각 일어나니
또 꿈속인 것을

나는 꿈꾸는 미망의 세월!
꿈속에 갇혀버렸다
어젯밤에도 꾸었던
참, 어이없는 꿈이다

그래!
파리채로 생각을 모조리 다 잡아버리자
다시는 어지럽게 날아다니지 못하게
어젯밤의 꿈을 내일 다시 꾸지 못하게

그날 밤
청정한 흰 벽지에 혈흔이 낭자하다

말할 수 없는 세월

침묵의 항변
깊은 슬픔
차라리 꿈
그리고, 그림자

불면증

나는 태초로부터 이어져 온
내 안의 모든 동물적 유산들과 마주할 때마다
무서운 자괴감에 밤잠을 설친다
오래된 신들의 이야기는
저 멀리 푸른 안개 속에서
내게 다정히 손짓하는데
오라는 건지 가라는 건지
창밖엔 무심한 빗소리만 요란하다

휘파람

휘파람을 불 때면
우주 저 멀리서 연주되는
아련한 진동과 공명을 한다
입술이 저절로 오므라지고
즉흥적인 가락이 입술 사이로 흘러나온다

휘파람은 아무 때나 불어지는 게 아니다
휘파람은 마음이 더없이 평온할 때
그리움을 닮은 소리를 낸다
햇살이 눈부시게 쏟아지는
숲에 누워 휘파람을 불면
흘러간 시절의 어렴풋한 추억들이
다시 생기발랄해진다

되돌리고 싶은 추억들이 생각날 땐
휘파람을 불면 좋다
휘파람은 시간을 되돌리는 마술적인 힘이 있다
우리는 늘 헤어지고 나서야 그 만남의 의미를 알게 되기에
절박한 마음으로 시계를 뒤집어 놓아 봐도
무정한 시간은 거꾸로 가지 않지만
휘파람을 불면 어느새 오래 전 그날처럼
그녀의 손을 꼭 잡고

따뜻한 눈길을 걷고 있다

휘파람은 아무나 불 수 있는 게 아니다
가슴 저리게 그리워할 이가 없는 사람은
휘파람 소리가 나지 않는다

가을 산행

여름이 허겁지겁 도망쳐버린 산에는
벌레 먹은 둥그런 쪽동백잎 사이로
눈부신 햇살이 쏟아져 내리고
계곡에는 자주빛 물봉선이 이마의 땀을 씻는다

가을이 점점 산 깊숙히 스며들면
투명한 가을 햇살에 잘 구워진
바스락거리는 낙엽을 한 입 가득 물고서
청량한 갈바람의 속삭임이 부끄러운
단풍잎 붉은 뺨에 입을 맞추면
가파른 산길을 함께 오르는 다람쥐도
노을빛으로 붉게 물든다

카오스의 변명

본래 그렇게 생겨 먹은 걸 어떡하라고
태어난 순간부터 생존 본능에 충실했을 뿐
아비규환의 아수라장이라도 행복하다 생각하면 행복한
거지
의미 따위에 집착하지 않아
모든 건 생각하기 나름이지
갈바람에 낙엽이 지는데 의미는 무슨
원치 않아도 아무리 외면해도 삶은 전쟁이지
온화한 미소를 지으며 안락의자에 앉아 있다고 해서
평화가 허락되는 건 아니더군
천둥소리가 세상을 겁박하고 번개가 작렬하는 밤
쏟아지는 빗줄기와 맞서며 나는 오열했어
가장 강한 자만이 살아남는다고
왜 기어이 살아남아야 하는지 이유는 모르겠지만
이런 내 말이 구차한 변명이라도 될런지
이 변명조차 카오스의 중심에서 흘러나오는 작은 울음일지
의식이 순수해지는 새벽에는 고요히 무릎을 꿇고 앉아
짓누르는 죄의식으로 무거워진 눈꺼풀에 잔뜩 힘을 주며
먼 산 메아리 같은 카오스의 변명은 애써 외면한 채
자비로운 신의 발등에 입을 맞춘다

자화상

거울에 비친 나는 내가 아니다
껍데기만 웃고 있을 뿐
알맹이는 언제 돌아올지 모르는
긴 여행을 떠났다

땅과 너무나 친한 나의 숯다리들
야생마처럼 길들지 않는 감정들
바람구멍 숭숭 드나드는 하찮은 생각들
나에게서 이런 걸 다 빼버리면 뭐가 남을까
껍데기만 덩그러니 남겨두고
알맹이는 어디로 갔나

아무리 움켜쥐어 보아도 잡히지 않는
나라는 건 도대체 뭘까
설마 허공은 아니겠지
다시 주워담을 수 없는

내 영혼에 아로새겨진 큰 의문 하나
긴 밤을 하얗게 지새운다

시선

파리가 교미한다
우리의 삶도
나처럼 이렇게
내려다 보는 시선들이 있겠지

하늘 보기

33년을 누워서 하늘만 바라보며
살아온
너
어설픈 세상을 빚어낸 어눌한 신을
원망해도 될 충분한 자격이 있는
너
1급 장애인이라는 훈장을 자랑스럽게 가슴에 달고
이 세상을 사랑으로 품고 사는구나
많은 사랑을 받고 살아왔지만
진정으로 행복했던 적은 없었다고 고백하는 솔직한
너

찹쌀떡처럼 세상에 정을 찰싹 붙이고
먼지 덮인 초라한 풀 한 포기라도
따뜻한 시선으로 안아주지 못하고
만날 삶의 언저리를 서성이며
세상을 비웃고 다니는
나
냉소적인 아웃사이더의 삶이 밤새도록
진통을 겪는다

앞으로도 반평생을 하늘만 바라보며

누워서 살아가야 할
너
섣부른 동정의 위로보다는
말없이 누워
너와 같은 하늘을 바라보는
나

파도타기

길吉은 행幸이요
흉凶은 복福이다
행복은 넘실거리는 길흉의 파도를 타고
오르락 내리락 멋들어지게 운유雲遊하며
멀리서 손짓하는 피안으로 흘러간다

아웃사이더의 노래

　너 나 할 것 없이 우리는 모두 오래되고 낡아빠진 뻔한 이
야기들이지
　턱없이 오래된 이 땅은 도굴 당한 무덤처럼 누추하기만 해
　봄 햇살은 겨우내 얼어붙은 나를 살며시 녹여주지만
　나와 세상은 여전히 기다란 얼음 계곡을 사이에 두고
　서로를 치열하게 견제하고 있어
　세상의 모든 관계는 서로에게 모진 인내를 요구하지
　언제까지 내 속의 더러운 체액을 뽑아내야 태고의 고요를
회복할 수 있을까

　죽은 땅을 헤집고 올라오는 생기발랄한 아지랑이가
　내 뱃속에서도 겨울잠에서 금방 깨어난 뱀처럼 꿈틀대는데
　바람은 왜 내 가슴에 포근하게 스미지 못하고
　낯선 타인처럼 외면하며
　늘 그렇게 그냥 스쳐 지나가는가

가시

쓰라린 아픔을 참아낸 자리에서 날카롭게 솟아나는 황금
빛 가시들
한 많은 이 땅은 서러운 가시들로 풍성하다
안으로 곪아 터지는 것보다는 차라리 가시라도 솟아나는
게 낫겠지
나이가 들수록 남는 건 낡은 추억뿐이다
야속하게 눈이라도 내리는 날엔
슬픈 가시가 솟아오르기 전의 오래된 추억들이 이 땅을
하얗게 덮는다
마음껏 웃고 마냥 즐거워해도 되는 짧은 순간들이다

척박한 이 땅을 갈고 또 갈아
꽃과 나무를 심어 가꾸어 보지만
무심한 겨울 칼바람에 남아나는 건 독 오른 가시들뿐이다
겁먹은 복어처럼 부풀어 오른 가시투성이 땅은 황금빛으
로 눈부시게 빛나고 있다
원래 오래 참은 자들의 얼굴엔 불상처럼 황금빛이 나는
법이다
가시들이 더 날카롭게 솟을수록 이 땅은 더 화려하게 빛
난다
화려함의 이면엔 늘 텅 빈 서글픔이 무릎 사이에 얼굴을
묻고 웅크리고 있다

생각의 행간

무너지지 않는 적멸
사물의 이면에 내재한 도도한 흐름
번뇌가 내 폐부를 찌를 때 철수할 수 있는 유일한 동굴
웃을 수도 울 수도 없는 온화한 미소
존재하는 것도 존재하지 않는 것도 아닌 빛
노란 들꽃이 주장하는 자유
하나이면서 둘도 되는 역설
안과 밖이 투명한 의식
아름다운 곳이라도 오래 머물지 않는 무소유
천 년 동안 돌처럼 굳어버린 관념이 아닌 직관의 눈빛
비어 있는 사이가 아닌 꽉 차 있는 사이
생각이 아닌 생각의 행간

나를 심다

봄은 담벼락을 타고 붉게 피어나고
나는 처절한 심정으로 봄뜰에 나를 심는다
운 좋게 삼복더위를 잘 견뎌내면
가을쯤이면 내 가슴 언저리에도
연분홍 꽃잎 하나 피어나리니

3부

무당벌레의 죽음

나뭇결 장판 위를 발발거리며 기어가는 무당벌레
어디를 그렇게 바쁘게 가고 있는지
살짝 손을 대었더니
바닥에 점박이 무덤이 하나 생겨났다
장난스런 손가락 하나에
순식간에 싸늘한 주검이 되어버렸다
등에 제 무덤을 지고 다니는 참 서글픈 녀석이다

우뚝 솟은 빌딩 사이로
점박이 무덤 하나가 지친 더듬이를 내팽개치며
삶과 죽음 사이를 배회하고 있다
차라리 누가 살짝만이라도 건드려주기를 소망하며
무의미한 어깨를 포기한 듯 끝도 없이 축 늘어뜨린다
노인들의 구슬픈 찬송가 소리에도
어깨를 짓누르는 집채만 한 무덤을 내려놓지 못한다

태고부터 고되고 묵직한 삶보다
두려워질 만큼 더 무거운 죽음을 짊어지고
절뚝거리며 걸어가는 이 세상은 살아있는 무덤이다

허공이 춤춘다

붉게 너울거리는 욕망의 바다 위에
허공이 덩실덩실 춤을 추네
여유로운 가락이 사뿐사뿐 허공을 밟아주니
가슴 속의 울분을 힘찬 춤사위에 신고서 빙그르르 돌다가
지쳐 쓰러지네

온 몸이 땀범벅이 되도록
허공은 미친 듯 격렬하게 춤을 추네
춤은 내 안의 나와의 말없는 대화
정해진 답은 없네
허공은 생존의 딜레마 속에서
적멸을 느끼며 두 눈을 감아버리네

절정을 넘어선 춤이 다시 허공이 되어 일어설 때
다관에 갈무리해서 잘 우려내면
맑은 찻물에 은은한 그리움이 어리네

사이의 거리

하늘과 땅 사이만큼
당신과 내가 사랑했던 거리가
이상과 현실 사이에서 술 취한 듯 횡설수설 떠돌고 있다

당연히 있어야 하는 것과 지금 있는 것 사이의 거리는
당신이 사랑했던 사람과 현실의 나 사이의 머나먼 괴리
그 사이의 거리는
내가 꿈꾸는 세상과 당신이 꿈꾸는 세상 사이의 막막한
평행선

세상에서 가장 먼 거리는
아무리 달려도 좁혀지지 않는
나와 나 사이의 거리
차라리 아득한 거리 사이에서 거리를 알지 못하고
입에 돈다발을 한입 가득 문 채
흐뭇하게 웃고 있는 고사상 위의 한 마리 돼지이고 싶다

생명의 여로

순진한 웃음들이 뒤엉켜
나를 낳았다
텅 빈 우주의 신비 속을
나 홀로 떠돌았다
죽음보다 권태로운 발걸음을
천진한 바람에 내어 맡긴 채
순풍에 거역하는 머리칼을
멋쩍은 듯 쓰다듬으며
다 자란 강아지처럼
동쪽 하늘 무표정한 샛별을 바라본다

생에서 생으로 건너오는 기억은 나그네의 외로운 여정
오래되어 희미한 기억조차 지친 나그네의 발목을 붙잡는다
이런 게 과연 살아간다는 것일까
하루하루 침묵을 향해 죽어가고 있는 건 아닐까
맛도 멋도 모른 채 목석처럼 제자리만 지키고 있다
광합성의 타당성을 의심하는 나뭇잎은 바싹 말라 바스라
진다
녹슨 생각이 미치지 못하는 영역의 숨은 조화造化다

내 의사는 한 번도 물어보지 않고
저절로 숨 쉬게 하는 그 자가 누구인지

심장을 뛰게 하는 그 자가 누구인지

알 수 없는 그 자의 얼굴을 한 번만이라도 보고 싶다

78억 명의 얼굴을 모두 다르게 조각해 낸 신통방통한 그
자는

어쩌면 조잡한 얼굴 따위는 없을지도 모르겠다

깊은 인연

눈을 감으면 떠오르는 너의 눈동자
세월의 강을 건너
나를 바라보는 너

눈을 감으면 들려오는 너의 목소리
닿을 수 없는 산을 넘어
너를 듣고 있는 나

멀리서 전해오는 애잔한 노래
시간은 아무 말도 없이
너와 나 사이에
가만히 멈춰 서는데
이제는 추억 속에서만 만날 수 있는 너
문득문득 추억 속에 살고 있는 나
두 눈을 지그시 감고 있다

멀리 떨어져 있어도 둘이 될 수 없는 사람이 있다
그리움은 세월의 간격보다 더 질기다

꿈속에 갇히다

오늘은 은빛 후광을 두른 채
환하게 웃고 있는 저 보름달이
왠지 낯설게만 느껴진다

냉정한 겨울
찬 공기 속에서
감동적으로 빛나는
저 오리온과 시리우스조차
내겐 전혀 위로가 되지 않는다

한달음에 달려 올라간 5층 건물 옥상에서
폐 속 깊숙한 곳까지
얼어붙은 공기를 들이마신다
심장이 시리다

정말 지랄 같은 꿈이다
나는 오늘 꿈속에 갇혔다

행복 1

아이들은 참 시건방지게도 늘 행복하다
뭘 믿고 저렇게 순진한 미소를 지으며
햇살 가득한 웃음을 꽃피우는 걸까
죄의식과 사망의 두려움으로 실낙원을 다스렸던 신의 흉측한 얼굴은
아이들에게는 만화 영화에 나오는 우스꽝스런 요괴처럼 재미나다
눈꼬리를 삐죽 치켜 올리고
귀를 힘껏 잡아 당겨 당나귀 귀를 만든다
배짱이 좋은 아이는 우산의 뾰족한 끝으로 신의 볼록 나온 배를 쿡쿡 찔러본다
신은 뭐가 우스운지 계속 너털웃음을 터트리고 있다
신의 뱃속에는 쿡쿡 찔러 주기를 기다리고 있는 웃음 유발장치가 숨어 있나 보다

아이들은 어제의 코피 터지던 다툼이 오늘의 더 깊은 우정을 만든다는 걸 안다
그 깊은 우정이 언젠가 또 다시 코피 흘리게 될지도 모른다는 건
어른들의 자가당착적인 불안일 뿐이다
막대 사탕 하나 물고 노래를 흥얼거리는 아이에게는
지금 이 순간이 영원처럼 마냥 행복하기만 하다

친구가 부르는 소리에 룰루랄라 뛰쳐나가는 아이를 따라
강아지도 멍멍 즐거운 하루가 시작된다

별빛에 취하다

선선한 밤하늘 쏟아지는 별들을 올려다 보며
풍진 세상 오욕칠정 씻어주는
천상의 감로주
초승달에 철철 부어 들이키니
아… 별빛에 취한다
기분이 좋아 날아갈 듯하다

빙글빙글 소꿉장난

심심한 방 안에서
양 팔을 옆으로 길게 펴고
빙글빙글 돌아보았다

눈 앞에 별똥별들이 휙휙 무리져 지나가는 듯하더니
난데없이
나는 누구인가?
라는 대책없는 질문이 뇌리를 스치고 지나갔지만
일단은 모른 척 외면해 버렸다
지구가 외롭게 자전하는 기분이 이런 걸까?
나는 또 어떤 욕망 주변을 집요하게 공전하고 있는 걸까?
어지러운 쾌감이 정수리를 관통했다

사각형의 벽들이 빙빙 돌더니
우주가 어지러워 바닥에 쓰러졌다
소용돌이치는 뇌수 속에서
바보!
라는 단어가 불쑥 튀어나오자
나를 둘러싼 가구들의 웃음소리가 머리통을 가득 채웠다

질끈 감겨진 눈꺼풀 아래에서
팽이처럼 넋 나간 듯 팽팽 돌고있는

우주보다 더 어지러운 이 바보는 누구인가?
동공이 풀려버린 시선을 진정시키고
감았던 눈을 떠보면 알게 된다
모든 게 어린애들 소꿉장난이었다는 것을
어린 시절로 돌아간 듯 오랜만에 신나게 웃어 보았다

저 높은 곳을 향하여

저 높은 곳을 향하여
신을 바라본다는 건
아! 목이 너무 아프다

단풍

젊음을 잃어버린 산은
추잡하게 변색이 되고
더러운 꼴 보지않고 살려는 청정한 마음은
삐죽 나온 입술만큼이나 모가 나서
애꿎은 정과 망치를 수고롭게 한다

사람도 산처럼 세월 놀음에 추잡하게 물들어 간다
푸르른 초심도 계절의 횡포에
얼룩덜룩 변해가는 것이 자연의 야속함이다
가을엔 산도 사람처럼 씁쓸해진다

나체

여름날의 화려했던 허영을 한 점 남김없이 떨어뜨리고
누추한 가식의 외투까지 벗어버린 배롱나무가
맨질맨질한 속살을 드러내며
앙상한 나체로 서 있다
적나라한 자태는 도발적이기보다
오히려 솔직하다

배롱나무 앞에 나체로 마주 서 있는 나
나체끼리는 은밀한 부끄러움도 사라진다
서로 상대의 초라한 몰골을 수줍게 훑어보며 당돌하게 묻
고 있다
넌, 도대체 뭐니?

나는 마치 치부라도 들킨 양
두 손으로 얼굴을 가린 채 등을 돌리고
말없이 앙상하게 떨며 서 있다
등 뒤에서 배롱나무의 전율하는 몸짓을 느끼고는
후들대는 손을 애써 진정시키며
흐느끼는 배롱나무의 어깨를 가볍게 두드려준다
멍한 가을 하늘엔 벌거벗은 낮달만 창백한 얼굴을 붉히
고 있다

제왕의 DNA

거무죽죽 척박한 팔뚝 위에
엎드려 신음하는 뭇 검은 것들 위로
우뚝 솟은 한 올의 눈부신 백색
10척 장신에 백마를 호령하는 늠름한 자태
천지를 뒤흔드는 역발산의 기개!
가시 면류관처럼 머리를 옥죄는 후광은 뭇 검은 것들의
상처를 보듬는다

수만 년을 통곡의 기도로 잉태해낸 태양의 독생자여!
프로메테우스는 피 흘리는 세상의 심장을 움켜쥐고 울었다
뼈와 살을 발라내는 십자가의 피는 어머니의 눈물
백색의 제왕은 빛의 횃불로 세상의 어둠을 끈다
피는 어머니의 젖이 되고
눈물은 환희의 꿀이 되어 흐른다
새 세상 알리는 천국의 나팔소리

백색은 레떼의 강을 거슬러 피어나는 무궁화
죽음의 날에 세상의 심장에서 부활하리라
만만세세 영락의 세상을 열어줄 DNA여!

* 이 시는 내 왼팔에 5cm 이상 독보적으로 길게 자라고 있는 흰
  털을 보고 썼다.

백조

늦가을 서쪽에서 불어오는
스산한 바람에
쓸쓸하게 고요한 호수 위로
어디선가 하아얀 꽃잎 하나 날아드니
무심한 내 마음에 잔잔한 파문이 번진다

태양의 여인

매일 가슴에 태양을 품고
매일 가슴으로 태양을 낳는 여인아
너는 태양의 어머니

항상 입에 태양을 물고
항상 입으로 태양을 토해내는 여인아
너는 태양의 딸

태양처럼 차별없는 빛으로
회색 안개 자욱한 미욱한 이 땅을 밝혀가는 여인아
너는 태양의 태양
내 안에서 영원히 잠들지 않을 불사의 횃불

무언의 선율

카페에 홀로 앉아
눈발 떠도는 창밖을 무심히 바라보는데
마주하고 앉은 음악이 내게 무언의 말을 건네고 있다
추억의 미소도 아련한 눈물 흔적도 아닌
뭉클한 존재의 떨림을 묻고 있다

널 생각하면 언제나
쓸쓸하게 구석진 내 영혼에
커피 향 그윽한 선율이 하얗게 스며든다
온 세상에 이별의 예감이 하얗게 흩날리던 그날처럼

불상

부동의 고요가 흘러나와 황금빛으로 감싸고 있네
굳게 맺은 수인은
천방지축 날뛰는 어지러운 내 마음을 잠재우네
하루 종일 앉아서 무슨 꿈을 꾸고 계신가?
반쯤 졸고 있는 두 눈이
꿈과 현실 사이를 걸림없이 오가고 있네
108번의 전쟁을 겪으면서도
묵묵히 적멸을 지키시니
살을 찢는 상처도 그 아픔을 잊었구나
목이 잘려 나갔던 슬픈 기억조차
온유한 미소로 녹여 주시네
삼매의 열락 속에서 미소 짓고 계신 부처님께 묻소
세상이 진정 고해요?

4부

이방인들

길거리를 수다스럽게 지나가는
사람들의 영혼이 엉엉 소리내어 울고 있어
서러운 사연들이 꺽꺽 울음을 삼키고 있어

우리는 슬픔의 바다를 노 저어 가는 어부들
운이 좋은 날엔
구슬픈 눈물을 껌뻑껌뻑 게워내는
다랑어를 낚아서
만선의 꿈을 이룰 수도 있지
바닷물이 쓰라리게 짠 이유를 이제 알겠어

바다 건너 어떤 마을엔
생일날 일년 내내 고대하던 선물을 받은 아이처럼
매 순간 환하게 웃고 있는 사람들이 살고 있다는 전설이
있어
그들은 세 개의 눈을 가진 낯선 이방인들
이마 가운데에서 눈부시게 피어나는 세 번째 눈은
태양을 애타게 그리워하는 해바라기의 눈물
태초부터 한 번도 시든 적 없는 찬란한 기쁨의 꽃

행복 2

가슴 시리게 파란 하늘 뭉게구름 사이로
언젠가 꿈에서 본 듯한 아이가 내게 말을 건다
꿈결처럼 멀리서 울리는 낯익은 목소리
너 지금 행복하니?
그게 진정 니가 원했던 삶이니?
부끄러운 듯 배시시 웃으며 손짓하는 아이는
눈빛이 형형한 백발 노인이다
행복?
그거 별 거 있니?
이대로 행복하다고 생각하고 살면
그게 행복 아닐까?
깔깔깔
아이의 유쾌한 웃음 소리가 하늘 저 멀리서 메아리친다
영혼의 핵을 찌르는
그런 행복을 아니?
영혼의 핵?
그거 오르가즘처럼 주체할 수 없이 폭발하는 거니?
위험하진 않을까?
뇌사 상태가 되어 식물 인간이 될 가능성은?
아이는 실망한 듯 고개를 절레절레 흔들며
뭉게구름 사이에서 폴짝 뛰어내려
내 안으로 쏙 들어온다

순간!
영혼의 핵이 폭발한다
가슴 중앙에 거대한 공동이 열리며
보랏빛 구름꽃이 설레듯 피어난다
불꽃놀이처럼 화사하게
하늘에 커다란 물음표 하나 수놓는다

지상낙원

조금만 더
조금만 더
조금만 더 가지면 행복할 텐데

그 많은 탄식과
그 많은 설움과
그 많은 눈물
우주선을 타고 시공을 초월하여 여행하는
천 년 후에도 주르륵 흘러내릴 거야

지상낙원은 항상 미래형이지
인간은 불행의 유전자를 갖고 태어났어
눈물이 마르길 원치 않아
통곡이 끊기길 원치 않아
한은 계속 되어야 해

조금만 더
조금만 더
조금만 더 슬퍼할 게
행복은 내일로 미루고

꽃잎

무심히 흘러가는 세월의 강물 위로
오색 빛고운 꽃잎들을 띄워 보낸다

꽃잎 하나하나에 담긴 추억들도
무심한 세월 속으로 사라진다
다시는 돌아오지 못할 아련한 기억으로
저 멀리 흘러간다

띄워 보내도 보내도 자꾸만 돌아오는 하얀 꽃잎 하나
세월의 강물을 거슬러
영원히 잊히지 않을 추억으로 살고 싶은 하얀 꽃잎 하나
내 앞에 서성이며 아쉬워 맴돌다 떠나간다
다시는 돌아오지 않을 무심한 강물처럼

흐르는 강물 위로
꽃잎은 하얗게 멀어져 간다
흐르는 눈물 위로
꽃잎은 아득히 멀어져 간다

과도를 씻으며

씽크대에서 과도를 씻을 때면
무심한 냇물에 뜨거운 피를 씻던
진검의 추억에 젖곤 한다

손끝에서 살아나는 벼린 진검의 날
벤 자도 베인 자도 꿈결마냥 희미한데
붉은 피는 누구의 것인가?

해바라기

한낮에 이글거리며 타오르고 있는 태양을
두 눈 똑바로 뜨고 바라본 적 있는가
작은 세포 하나까지 눈이 부셔 고개를 돌릴 때
나는 고향을 그리워하는 나그네처럼
두 눈 부릅뜨고 태양을 바라본다

고개를 돌리게 하는 건
눈부심이 아니라 빛에 대한 두려움이다
고향을 오랫동안 떠나 있었던 나그네의 기억상실이다
고향에선 누구나 가슴 속에 찬연하게 빛나는 태양을 갖
고 있었다
빛의 불꽃인 태양을 바라보면
망막에 그리움의 횃불이 활활 타오른다

태양은 빛의 고향
뭇 생명을 차별 없이 사랑하는 뜨거운 힘
나는 태양의 스토커가 되어
암흑 속에서도 신성한 빛에 강렬한 초점을 맞춘다
내 존재가 빛으로 다 타버릴 때까지

한 순간 바람처럼
내 뇌리를 스쳐가는 어둠은

빛의 그림자일 뿐
안개 속의 유령처럼 얼굴이 없다
해바라기의 눈에 비친 어설픈 이 세상은
빛의 기괴한 흔들림이다

거울 속의 연극

배우가 곧 관객이 되는 연극이 있어요
자신의 연기를 실시간으로 모니터링하는 연극이죠
어색해서 금방 눈을 질끈 감아 버리고 싶을지도 몰라요
그러다가 호기심에 실눈을 뜨고 자신의 연기를 지켜보다가
쿡, 웃음을 터트리고 말죠

고해성사처럼 진지한 연기를 보고 웃음이 나는 건 왜일
까요
아마 코미디를 웃지도 않고 너무 진지하게 연기해서 더
웃긴가 봐요
가슴 속의 증오를 감추고 귀엽게 웃어주는 가식을 볼 땐
배를 잡고 웃게 되죠
사랑이라는 위선으로 누군가의 몸을 탐닉할 땐
들뜬 욕망이 구토를 해대죠
돈, 돈, 돈, 돈에 영혼을 싼 값으로 팔아 버리면
두 눈동자 안에서 세종대왕이 인자하게 웃고 있죠

웃고 있는데 자꾸 눈물이 나요
거울 속의 연극은
아마 너무 웃겨서 눈물이 글썽이는 비극인가 봐요

엄마를 불러봐요

보름달이 달무리에 싸여 은은하게 잠든 밤이면
고요하게 앉아 지그시 눈을 감고
엄마 엄마 엄마를
나지막하게 불러봐요

낯선 나라에서 길 잃은 아이처럼
엄마 엄마 엄마를 부르면
태양이 엄마가 되어요
나무가 엄마가 되어요
바람이 엄마가 되어요
비가 엄마가 되어요
내가 엄마가 되어요
내가 태양이 되어요
내가 나무가 되어요
내가 바람이 되어요
내가 비가 되어요

뭇 생명을 기르는 대지의 기운이 내게로 몰려와
나를 포근하게 안아주네요
소용돌이를 그리며
내가 엄마를 부르는 소리를
저 우주 끝까지 올려 보내요

\>
멀어질수록 더 커지는 소리의 파문에
우주 저 편에서 정답게 화답을 해요
수천 억 개의 태양계를 낳았을 자궁이
울고 있는 아들을 안아서 달래주네요
엄마를 다시 만나니 괜히 투정부리고 싶어져요
엄마는 내 소원을 다 들어줄 거에요
엄마는 전지전능한 해결사니까요

엄마 엄마 엄마
괜히 자꾸만 불러보고 싶어요
엄마를 부르면 왠지 조금 착해지는 것 같아요
하루 종일 엄마를 부르다가
눈보라 치는 얼어붙은 밤이 오면
엄마의 따뜻한 자궁 안에서 잠이 들어요
내 영혼이 엄마 손을 잡고 우주 공간을 날아다니며
엄마의 꿈속에서 내가 또 꿈을 꾸어요
너무나 환상적인 꿈이에요

엄마
그리운 나의 자궁이여

키스

내 뜨거운 심장을 맛있게 믹서에 갈아
크리스탈 잔에 빨대를 꽂아 그녀에게 주었다
내 심장이 붉게 끓어 올려졌다
그녀의 두 볼에 내 심장이 가득 차서
터질 듯 팽창하다가 용솟음치는 붉은 분수가 되어 내 시
든 입술을 적셨다
갈라진 아토피 입술 속으로
내 심장이 그녀의 것과 하나 되어 돌아왔다
해와 달이 내쉬는 생명의 기운이 감미롭게 하나 되어 뒹
군다
막혔던 혈관이 뚫리고 뜨거운 피가 온 몸에 활개친다
혀들이 서로를 어르며 쓰다듬으며
심장을 다시 두 개로 쪼개었다
둘은 주인을 바꾸어 되돌아갔다
나는 내 영혼에 그녀의 심장을 이식했다
그녀의 달콤한 심장은 내 안에서 숨쉰다
내 새콤한 심장은 그녀의 가슴뼈 속으로 스며든다
그녀의 영혼은 내 것과 혼합이다

엑스트라가 사는 법

비눗방울 둥둥 떠다니던
어린 시절의 추억은
진흙탕 길을 바짝 엎드려 빡세게 기어 갈 때마다
팔꿈치에 벌겋게 피가 배어나올 때마다
방울방울 싱겁게 터져버린다
외제차의 럭셔리한 것들이 폼 나게 선글라스를 벗을 때
성공하지도 못할 혁명 따위는 다신 꿈도 꾸지 못하고
그저 소주 한 병으로 못난 운명을 달랜다

한때는
세상에 연신 구토를 해대는 내 등을 두들겨 주던
뽀얀 여인의 손길도 있었지만
빗물로 얼룩진 벽지 같은 내 인생을 원망하며 돌아서는
얼음처럼 뜨거운 눈물에
또 구차한 한 장면이 끝난다

지금은
무지개 다리처럼 겹겹이 버티고 서 있는
가랑이 사이를 비굴한 미소를 지으며
발발 기어가고 있지만
나는 아무도 몰래
누구도 상상 못할 영화 같은 반전을 꿈꾼다

미친 듯 혼자서 푸하하하 웃으며

지금
두 눈에 고이는 이 눈물의 의미는
아마 가슴 벅찬 감동일 거다
아무리 캄캄한 밤에도 별 하나쯤은 빛날 거라는 자기 최면

누구나 혹 하나씩 달고 산다

누구나 혹 하나씩 달고 산다
길 가는 할아버지의 목 뒤에 계란만 한 혹이 산처럼 솟아
있다
잠을 안 자고 올라도 밤새 오르기 힘든 높이다
월남전에서 공을 세우고 받은 훈장처럼 번쩍번쩍 빛난다

내 심장에도 단단한 혹 하나 자라고 있다
세상의 잔인한 손톱이
어린아이의 심장을 할퀴고 갈 때마다
아이의 심장엔 혹이 점점 커진다
고통을 참아낼 때마다 화강암처럼 단단해지는 혹
어른이 된 지금은
심장보다 더 커져버린 혹이 심장을 아찔하게 찔러댄다
참았던 것들이 왕창 터져버릴 것 같은 날엔
세상을 이 따위로 빚어낸 신의 멱살을 잡아챈다

지지고 볶고 싸우면서 아옹다옹 살아가다 보면
하늘의 별들은 두려움에 떨며 구름 뒤로 숨고
보름달도 이민을 가서 하늘은 칠흑같다
땅에는 오로지 살아야 한다는 집념만이 이글거린다
몸속 어딘가에서
터진 혹이 철철 피를 흘릴 때는

지혈할 새도 없이 두려움에 젖어 썰물처럼 와르르 쏟아
져 나간다

　누구나 언제 터질지 모르는 혹 하나씩 달고 산다
　번쩍이는 금빛 훈장처럼 자랑스럽게 빛나는 혹
　삶의 전쟁터에서 공을 세울 때마다
　혹은 하나씩 늘어나서
　앙상한 가슴팍에서 주렁주렁 폼 나게 빛난다

나도 꽃이다

회색빛 꽃이 있었다
사막처럼 목이 말라
차라리 가시투성이 선인장이 되어 버렸던
구정물을 뒤집어써도 씻어 주는 이 없어
절망의 산을 뭉개듯 주저앉아 하늘만 멍하니 바라보던
해가 불러도 고개를 돌리지 않고
달이 눈을 맞춰도 동공이 까마득했던
흔해빠진 벌 나비조차 외면했던
잡초보다 못난 꽃

　보름달이 제 얼굴의 회색 얼룩이 창피해서 커튼 뒤로 숨
어 버린 밤
　스스로 꽃잎을 자르며 울부짖었다
　나도 꽃이다
　나도 꽃이다
　나도 한 송이 꽃이다

매화나무 앞에 서서

반가운 봄비가 흩날린 뒤
매화나무 앞에 서니 만감이 교차한다
마치 세상엔 아무 일도 없다는 듯
어디선가 오르곤 음악이 평화롭게 울려 퍼지고
나의 5월은 따스한 햇살 속에서 지난날을 후회한다

삶은 무의미한 후회의 연속이다
살면서 가장 큰 후회는
보내지 말아야 할 사람을 봄비에 덧없이 날려 보낸 일이다
하얀 추억이 모두 떠나버린 매화나무는
깊은 검정빛으로 회한에 젖어 있다
회자정리라는 경박한 위로의 말로
내년 봄에 다시 꽃이 피어날지는 의문이다

꿈속에서 또 꿈을 꾸다

지난밤 꿈속에서 나는
뜨거운 달기의 붉은 입술을 탐하고 음탕한 허리를 안고
뒹굴다가
꿈에서 깨어났다
눈을 떠보니 여전히 꿈속이었다
04시 44분 44초

입에 허연 거품 질질 흘리는
미친 개들에게 쫓기다가
나무 위로 기어 올라갔다
안도의 한숨을 내쉴 틈도 없이
빨갛게 독이 오른 쌍두의 아나콘다가 기다렸다는 듯
내 머리통을 삼켜 버렸다
온 몸으로 피를 토하며 발버둥치다가
꿈에서 깨어났다
눈을 떠보니 여전히 꿈속이었다
04시 44분 44초

쓰러질 듯 외롭게 서 있는 절벽 위에 가부좌를 틀고 앉아
있었다
지나간 영욕의 세월이 운무처럼 바람에 흩어졌다
이 몸뚱어리와 이 마음과 모든 삼라만상이 공함을 깨닫고

투명한 바람과 하나 되어 홀연히 사라지며 꿈에서 깨어
났다
눈을 떠보니 여전히 꿈속이었다
04시 44분 44초

깨어보니 꿈속이요
눈 떠보니 또 꿈속이어라
아등바등 몸부림칠수록 더 꿈속이어라
언제 끝나려나 이 허망한 꿈들!
삼겹살에 소주 한잔하며 혼자 넋두리하다가
차라리 꿈속에서 그냥 살아 주리라 독하게 마음먹고
꿈속에서 또 꿈을 꾸니
그제야 꿈에서 깨어났다
얽히고설켜 버린 미로같이 기나긴 꿈이었다
커튼 사이로 나른한 아침 햇살이 내 볼을 간질이고 있었다
평화로운 아침이었다
04시 44분 44초

무심히 시계를 바라보다가
깜짝 놀라 몸을 일으켰다
지각이다!
성난 멧돼지 같은 과장님 얼굴이

지난밤 가위눌림처럼 내 가슴을 짓누른다
젠장 아직도 꿈속인가?
04시 44분 44초

혁명의 장미

나는 여름날 천둥처럼 분노하는 하늘이다
세상의 그깟 시시한 행복 따위는
아무 생각 없는 개에게나 던져 줘라
이 한 몸 산산이 부서져도
단단한 참나무 삽 한 자루 불끈 움켜쥐고
썩은 땅을 뒤엎어 새로운 산하를 열리라
그것이 아무도 알아주지 않는 나만의 행복이다
혹여 실패의 덫에 걸려 고꾸라지더라도
이미 예상이라도 했다는 듯
초연하게 웃어주는 것이
시대를 한 발 앞서가는 혁명가의 절대 미덕
큰 뜻을 위해 왜소한 나를 버린 세상의 모든 거인들에게
붉디붉은 장미꽃 한 송이를 바친다

날아라 셔틀콕

비 내린 후 하늘이 낮게 내려와 있다
별들은 더 해맑게 미소짓고
잽싸게 달아나는 회색빛 구름 사이로
보름달이 불쑥 얼굴을 내밀고는 사라진다

배드민턴을 하고 있는 중년의 부부
푸른빛을 내는 야광 셔틀콕이
귀신불처럼 밤하늘을 휙휙 날아다닌다
노란 별을 쳐서 보내면
하얀 달이 날아온다
즐거운 웃음을 날려 보내면
멀리 길 떠난 사랑이 되돌아온다

활짝 웃으며
다정스레 주고 받는 그 마음이
예술이다

향

황금 향로에 향 하나 올리니
두 줄기 하얀 춤사위가 멋스럽게 피어난다
빛과 어둠이 교차하며 서로 어르는 교태가 원앙처럼 정답
기만 하다
뜨겁게 불사르고 멋지게 흩어지는
연기 같은 인생에 후회는 없다

목련 나무 그늘에 촘촘히 서 있는 맥문동은
보랏빛 향기를 온 몸으로 사르고 있다

5부

산이 웃는다

커다란 바위를 머리에 이고 서 있는 관악산
힘겨운 한 걸음 한 걸음이
어느새 운동 부족인 나를 정상으로 이끈다
산은 누구나 올라야 하는 높다란 인생이다
서두른다고 산이 나를 더 반기는 것도 아니다
그저 가다가다 보면 알게 되는 거지
투명한 햇살을 맞으며
봄 산을 살짝 깨물어보면 상큼한 진달래 맛이 난다
산을 오르는 내내
노랑나비 한 쌍이 흥겹게 팔랑거리며 나를 따라온다

빛바랜 태극기가 제 살을 찢으며 지고의 태양을 향해 울
부짖는
산 정상의 우뚝 솟은 바위 위에 올라서서
서울을 발아래에 굽어본다
청량한 산 정기를 들이마시니
산을 떵떵 울릴 정도로 소리를 지르고 싶다

우렁찬 옛 선인들의 호연지기가
자그마한 성냥갑 속에서
아옹다옹 살아가는 인간 군상들을 부끄럽게 한다
자잘한 일상의 고민이 성냥갑 위를 안개처럼 뿌옇게 뒤

덮고 있다
 처음 만난 등산객에게 건네받은 주스 한 잔은
 아직도 식지 않은 서울의 뜨거운 인정이다

 스스로 충만한 산은 내려가는 사람의 발목을 붙잡지 않고
 산에서 내려올수록 점점 작아지는 나
 산을 뽑아버릴 것 같던 기상은 다 어디로 가고
 급기야 소심한 난쟁이가 되어
 갑갑한 성냥갑 속으로 지친 발걸음을 옮긴다
 산 위에서 누군가 나를 큰 소리로 비웃고 있다

Sad Walking

화려한 조명이 빛나는 무대 위
망사 드레스를 걸친 해골들이
킬힐을 신고 우아하게 걷고 있다
삐딱삐딱
갈지자로 횡설수설 걷고 있다
예쁘게 보이려는 몸부림은
망사 사이로 살짝 얼굴을 내민
수줍은 젖가슴보다 더 처절하다

뼛속을 훔쳐보는 음흉한 남자들의
가식적인 박수 소리에
긴장이 풀린 해골이 중심을 잃고
와르르 무너져 내린다
섹시하고 날씬한 아리따운 조화造花가
힘없이 고개를 툭 떨어뜨린다
가녀린 목이 꺾인다

슬픈 워킹은
삐삐 마른 뼈의 무덤이다

파리의 꽃 세상

어젯밤 꿈에서
파리들이 마구 태어나기 시작했다
파리가 파리를 낳고
또 파리가 파리를 낳았다
파리가 파리를 낳는데 특별한 이유가 있는 건 아니다
구린내가 나는 곳엔 파리가 꼬이기 마련이다
세상이 파리로 새까맣게 우글거렸다
하얀 구더기들이 귀엽게 꼬물거렸다

파리 꽁지에서 꽃이 피어났다
하얀 꽃, 노란 꽃, 파란 꽃, 투명한 꽃
세상의 이름 모를 온갖 꽃들이 알처럼 피어났다
우연이라고 하기엔 그 색과 향이 차라리 기적이다
어느 무더운 여름날
꽃들이 파리 꽁지에서 실수로 뚝 떨어졌다고 믿기엔
다소 경솔한 느낌마저 든다
각양각색의 꽃들이 피고 지고
또 오랜 세월을 그렇게 피고 진다
저마다의 절절한 아름다움을 꿈에도 알지 못한 채

어젯밤 꿈에서
세상이 온통 형형색색의 꽃으로 우글거렸다

이유 없는 이유

암수 동체 지렁이 한 마리가
꼬마들 오줌발에 몸을 배배 꼬며
짓지도 않은 죄를 회개하고 있다
처절한 피눈물의 고해성사가 끝나자
꼬마들은 죄에 합당한 벌을 내리듯
지렁이를 세 토막 낸다

오줌발은 더 거세어진다
대형 화재라도 난 듯 꼬마 소방관들은 바쁘게 움직인다
포탄에 사지가 떨어져 나가는 아비규환에도
남성과 여성의 사랑은 황홀하다
여성의 젖가슴이 부풀어 오르고
허리가 활처럼 휘어지자
새끼들은 주렁주렁 태어나서
바짝 말라버린 어미젖을 서로 다툰다

잔혹한 운동화에 짓밟히면서
신을 향해 속죄를 울부짖어보지만
신은 꽈배기 쇼에 넌덜머리가 날 때까지 쿵쿵 밟아 주고
있다
아무 생각 없이

>
오늘도 태양은 활활 타오르고

장미는 심장만큼 붉다

개울엔 꼬리를 힘차게 흔들어대는 올챙이들로 생기가 넘
친다

이름 모를 풀 한 포기

유황불보다 뜨거운 아스팔트를 뚫고

시커먼 매연 사이로 해맑은 고개를 쳐든다

아무 생각 없는 차들이 오고 가며 꾹꾹 밟아준다

밟힌 그 자리에서 피 흘리며

해맑은 얼굴로 다시 분노의 고개 쳐드는 잡풀

아무 이유 없이

알지 못할 무언의 명령에 복종한다

달맞이꽃

밤하늘에 구멍이 숭숭 뚫려서
작은 빛들이 스며든다
세상 밖은 찬란한 빛의 세계인가 봐
여기만 이렇게 깜깜한 건
사람들의 어두운 그림자 때문이야

길게 배를 깔고 죽어 있는 검은 산엔
오직 희멀건 자작나무만이 성긴 머리칼을 나부끼며
구원의 빛을 기쁘게 반사하고 있어
웬일인지 아무리 해도
바깥 세상의 빛은 불안한 내 발치까지 닿지 않아
나는 그저 저 파란 별을 절실하게 노려볼 뿐이지
별빛이 왠지 십자가를 닮았다

내 그림자에 가린 달맞이꽃은
나더러 조금만 비켜 달라 하지만
나도 지금 간절하게 달을 맞이하는 중이라
정말 미안해

가을 정원

하늘의 모양은 땅이 결정해
산등성이의 완만한 곡선
키 큰 잣나무 우듬지의 불규칙한 선
빌딩 옥상의 반듯한 직선
둥그스레한 정원에서 본 하늘은 둥글 수밖에 없어

스산한 가을날 밤
혼자 고독한 정원을 걷다가
달빛에 비친 내 그림자를 보고 흠칫 놀란다
내가 하나가 되고 둘이 되고 셋이 된다
세 명의 그림자가 나를 무섭게 노려본다
수세미 넝쿨 아래로 숨으니
셋이 다시 하나가 된다
시간이 약이다
아름다운 것들은 모두 제자리를 지키고 있다

분열적인 생각들이 바싹 마른 낙엽이 되어 바스러지는 밤
자주색 맨드라미만이 포근한 이불이 되어
옛 사랑처럼 나를 따스히 감싼다
추억의 온기는 세월이 가도 쉽사리 식지 않는다

자유

장맛비가 쏟아지는 밤에
인적 없는 공원을 홀로 걷는다
사방엔 오직 빗소리뿐
깜깜한 세상엔 오직 나 홀로 남는다

오늘에서야 자유가 뭔지 알겠다
아무 생각도
아무 말도
아무도 없는 자유
정처 없이 걷고 있는 자유

베토벤의 운명 교향곡을 들으며
영원한 존재의 부재를 꿈꾸어 본다
그 순간
전광석화 같은 천둥이 내 뇌리를 때린다

위로

무슨 커다란 행복을 바라고
3억의 쟁쟁한 경쟁자를 제치며
환희의 울음을 내지르며 태어났나

아무 생각 없이 뛰어놀던 어린 시절엔
불행이라는 단어를 알지 못했지
불행은 사전에 나오는 의미 이상의 깊은 뜻을 갖고 있어서
몸으로 뼈저리게 느껴 보기 전에는
그 사무치는 의미를 알 수 없지

누군가는 불행이 행복으로 가는 디딤돌이라 말장난을 했
지만
결국은 아픔을 참고 견디며 살아야 한다는 말이지
아픈 만큼 성숙해진다는 말이 가끔은 위로가 되기도 해
파아란 가을 하늘에 멀리 떠나간 사랑을 그려보며
인생의 작은 떨림에도 기쁨을 느끼며 살려고 해

남을 누르고 태어난 자는 누구나 혼자야
아무리 많은 사람들 속에서도 혼자야
무엇을 얻었고 무엇을 잃었든 여전히 혼자야
사람은 너 나 할 것 없이 바람 속의 먼지처럼 외롭고 슬
픈 존재

누구에게나 하루 세 번의 따뜻한 위로가 필요해

암전

무대가 두 눈을 질끈 감아 버렸다
그대와 나 사이에 먹먹한 적막감이 까맣게 내려앉는다

종말의 느낌이 이런 건가
새로운 시작을 꿈꾸는 혼돈일지도
우리의 아픈 연극이 계속될 수 있을까
마치 아무 일도 없었다는 듯 환하게 조명을 받으며

앞 좌석의 여인도 졸린 고개를 갸웃거린다
눈을 뜰지 말지 주저한다
긴장한 눈꺼풀이 파르르 떨린다

가을비

정신 차리고 똑바로 살라고
거칠게 다그치는 굵은 빗방울에 실컷 두들겨 맞았다
허탈한 웃음으로 비틀거리며 몇 걸음 걷다가
인생이란 게 내 뜻대로만 되는 게 아니더라고
잿빛 하늘을 향해 울부짖어 보아도
누구 하나 고개 끄덕여주는 자 없다
그냥 가을비에 내 몸을 맡기고 걸었다
추적추적 흠뻑 젖어도
먹먹한 가슴엔 빗물이 스미지 않는다
늘 반갑게 웃어주던 목성조차 어디로 가고
저 멀리 희미한 가로등만이
가을비를 맞으며 청승맞게 서 있는
은행나무에 기대어 고개 숙인 채
구슬픈 노래만 부르고 있다

창밖의 세상

붉은 벽돌집
교차하는 햇살과 그 위에 드리워진 그림자
사선으로 당당하게 존재를 주장하는 전깃줄들
아기의 울음소리조차 너무나 일상적인 평화로운 아침

창과 창이 서로 마주보며 눈을 껌벅이지만
결코 민망한 초점은 맞추지 않지
주차장 주변을 어슬렁대는 까만 고양이를 보려다
방충망에 내 얼굴이 찍힌다
있는 듯 없는 듯
세상은 투명한 격자일지도 모른다
오늘은 그 격자에 파란 하늘이 들어와 있다

그들만의 세상

초등학교 4학년쯤 되어 보이는 여자애가
입에는 막대 사탕을 물고서 친구들에게 "안녕"하며 인사
했다
친구들은 대답도 하지 않고
그냥 한번 찡긋 웃어주고 지나쳤다
남자애들은 여자애들 눈을 피해서 숨바꼭질이라도 하는 듯
이리저리 숨고 난리가 났다
저 여자애는 왜 높은 난간 위를 위태롭게 걷고 있는 걸까?

그들에게는 그들만의 인사법, 그들만의 표정이 있다
그들이 좋아하거나 그들이 싫어하는 것들이 있을 것이다
그들이 무서워하거나 그들이 경계하는 것들이 있을 것이다
그들에게는 그들만의 세상이 있다
나에게도 나만의 세상이 있듯이

동짓날 밤

천지가 얼어 붙는
영하의 고요가 장악하고 있는 동짓날 밤
처마 밑 고드름처럼 투명해진 내 정신이
끝도 없이 광대한 우주를
머릿속 사념의 거울에 비춰보다가
내가 이 순간 숨 쉬고 있는 의미를
멀리서 겸연쩍게 떨고 있는 별들에게
귓속말로 살짝 물어본다

손으로 보는 연희

12살 연희는
손으로 엄마를 봐요
눈으로 보는 것보다
더 섬세하게 봐요

손으로 나무를 보고
손으로 예쁜 꽃들과 시선을 맞춰요
손가락을 살살 깨물어주는
강아지 해피를 가장 좋아해요

손으로 책을 읽는 연희
점자책에 가만히 손을 대고 보면
올록볼록한 미로 속에
숲도 있고 파란 하늘과 별들도 있지요

그림자 사랑

당신은 한 줄기 투명한 바람
대답 없는 빗소리
소리 없는 달빛
보이지 않는 속삭임
아무도 몰래 나를 찾아와
허브향 진하게 뿌려놓은
당신은 나의 그림자

검劍

가를 수 없는 바람
중심이 없는 곡선
흔들리지 않는 심장
마음이 없는 빛
할劃!

젊음의 끝

오늘밤 젊음의 뒤안길에서 흘렸던 눈물이
무수한 별이 되어 쏟아져 내린다
눈물이 나를 키웠던 시절이 있었다
한 발자국만 헛디뎌도
아가리를 쫙 벌리고 있는 천 길 낭떠러지
열쇠 없는 수갑을 차고
출구 없는 감옥에 쭈그리고 앉아
알 수 없는 삶의 의미만 곱씹고 있었다

나는 대본 없는 배우가 되어
코미디 같은 세상을 비웃기도 하고
세상의 아름다움에 취해 비틀거리기도 했다
먹고 마시고 싸고 자는 행위가 반복되는 동안
뭔가 의미 있는 즉흥 연기를 해야만 했다
이 슬픈 땅에 빨갛고 노란 꽃들을 심고 가꾸든지
아니면 이 슬픈 땅을 갈아엎으며 빨갛고 노란 불이라도
지르든지

어느 따스한 봄날
감옥 안과 감옥 밖이 다르지 않음을 알았을 때
열쇠 없는 수갑이 저절로 풀리고
감옥은 온데간데 없이 사라져 버렸다

\>

젊음은 의미를 찾아 길 떠나는 나그네

언젠가 길 위에서 길을 묻는 나를 발견하고는 머쓱하게
웃어버렸다

그렇게, 시퍼렇게 멍울졌던 나의 젊음은 끝이 났다

꿈속에서 또 꿈을 꾸다

— 우원규의 시세계

반경환 문학평론가

꿈속에서 또 꿈을 꾸다
― 우원규의 시세계

반경환 문학평론가

지난밤 꿈속에서 나는
뜨거운 달기의 붉은 입술을 탐하고 음탕한 허리를 안고
뒹굴다가
꿈에서 깨어났다
눈을 떠보니 여전히 꿈속이었다
04시 44분 44초

입에 허연 거품 질질 흘리는
미친 개들에게 쫓기다가
나무 위로 기어 올라갔다
안도의 한숨을 내쉴 틈도 없이
빨갛게 독이 오른 쌍두의 아나콘다가 기다렸다는 듯
내 머리통을 삼켜 버렸다
온 몸으로 피를 토하며 발버둥치다가

꿈에서 깨어났다
눈을 떠보니 여전히 꿈속이었다
04시 44분 44초

쓰러질 듯 외롭게 서 있는 절벽 위에 가부좌를 틀고 앉
아 있었다
지나간 영욕의 세월이 운무처럼 바람에 흩어졌다
이 몸뚱어리와 이 마음과 모든 삼라만상이 공함을 깨닫고
투명한 바람과 하나 되어 홀연히 사라지며 꿈에서 깨어
났다
눈을 떠보니 여전히 꿈속이었다
04시 44분 44초

깨어보니 꿈속이요
눈 떠보니 또 꿈속이어라
아등바등 몸부림칠수록 더 꿈속이어라
언제 끝나려나 이 허망한 꿈들!
삼겹살에 소주 한잔하며 혼자 넋두리하다가
차라리 꿈속에서 그냥 살아 주리라 독하게 마음먹고
꿈속에서 또 꿈을 꾸니
그제야 꿈에서 깨어났다
얽히고설켜 버린 미로같이 기나긴 꿈이었다
커튼 사이로 나른한 아침 햇살이 내 볼을 간질이고 있었다
평화로운 아침이었다
04시 44분 44초

무심히 시계를 바라보다가
깜짝 놀라 몸을 일으켰다
지각이다!
성난 멧돼지 같은 과장님 얼굴이
지난밤 가위눌림처럼 내 가슴을 짓누른다
젠장 아직도 꿈속인가?
04시 44분 44초
　─「꿈속에서 또 꿈을 꾸다」 전문

　우원규 시인은 대구 출생이고 본명은 우용수다. 경북대
학교 영어교육과를 졸업했고, 2009년『만다라문학』시부
문 신인상과 2010년『만다라문학』단편소설 부문 신인상,
그리고 2011년『한국문학신문』단편소설 작품상으로 등단
했다. 시집으로는『위로』(2012년)가 있고, 이 밖에도 2013
년에『선수필』신인상을 수상했다. 우원규 시인은 명상을
하며 시를 쓰는 시인이다.

　우원규 시인의 두 번째 시집인『꿈속에서 또 꿈을 꾸다』는
지상낙원을 꿈꾸는 자의 삶의 철학이자 그 허망한 꿈에 대
한 처절한 절규라고 할 수가 있다. 꿈 속에서도 악몽이고,
꿈 밖에서도 악몽인 "04시 44분 44초"─. 신도 없고, 지상
낙원도 없고, 영원히 악몽 같은 현실만이 되풀이 되고 있
는 이승에서의 삶이 바로 그것을 말해준다고 할 수가 있다.

　지난밤 꿈속에서도 나는 뜨거운 달기의 붉은 입술을 탐하
고 음탕한 허리를 안고 뒹굴다가 꿈에서 깨어났다. 눈을 떠
보니 여전히 꿈속이었고, 시계는 04시 44분 44초를 가리
키고 있었다(첫 번째 꿈). 입에서 허연 거품을 질질 흘리는

미친 개들에게 쫓기다가 나무 위로 기어 올라갔더니, 그곳에서는 안도의 한숨을 내쉴 틈도 없이 빨갛게 독이 오른 쌍두의 아나콘다가 기다렸다는 듯이 내 머리통을 삼켜 버렸다. 나는 온 몸으로 피를 토하며 발버둥치다가 꿈에서 깨어났고, 눈을 떠보니 여전히 꿈속이었고, 시계를 보니 04시 44분 44초였다(두 번째 꿈). 나는 쓰러질 듯 외롭게 서 있는 절벽 위에 가부좌를 틀고 앉아 있었고, 지나간 영욕의 세월이 운무처럼 바람에 흩어지고 있었다. 이 몸뚱어리와 이 마음과 모든 삼라만상이 공함을 깨달았고, 투명한 바람과 하나 되어 홀연히 사라지며 꿈속에서 깨어났다. 눈을 떠보니 여전히 꿈속이었고, 시계를 보니 여전히 04시 44분 44초였다(세 번째 꿈). "깨어보니 꿈속이요/ 눈 떠보니 또 꿈속"이었고, "아등바등 몸부림칠수록 더 꿈속"이었다. "언제 끝나려나 이 허망한 꿈들"하고 "삼겹살에 소주 한 잔하며 혼자 넋두리하다가/ 차라리 꿈속에서 그냥 살아 주리라 독하게 마음먹고/ 꿈속에서 또 꿈을 꾸니/ 그제야 꿈속"에서 깨어날 수가 있게 되었다. "얽히고설켜 버린 미로같이 기나긴 꿈이었"고, "커튼 사이로 나른한 아침 햇살이 내 볼을 간질이고 있었"다. "04시 44분 44초"였고, "평화로운 아침"이었다(네 번째 꿈).

우원규 시인의『꿈속에서 또 꿈을 꾸다』는 네 개의 꿈들이 혼재되어 있으며, 그는 네 개의 꿈들, 즉, "얽히고설켜 버린 미로" 같은 이 꿈들의 정체를 밝혀보고 싶었던 것인지도 모른다. 첫 번째 꿈은 천하제일의 미색인 달기와 놀아나는 꿈이고, 두 번째 꿈은 미친 개들에게 쫓기다가 쌍두 아나콘다에게 잡아먹히는 꿈이다. 세 번째 꿈은 절벽 위에 가부좌를

틀고 앉아 이 세상의 허망함에 치를 떠는 꿈이고, 네 번째는
아등바등 몸부림칠수록 더욱더 미로같은 혼돈 속에서 헤어
날 수가 없는 꿈이다. 꿈이 악몽이고, 악몽이 현실이고, 어
쩌다가 악몽에서 깨어나면 "지각"이란 생각에 소스라치게
놀라고, "지난밤 가위눌림처럼" "성난 멧돼지 같은 과장님
얼굴이" 떠오른다. "04시 44분 44초"는 잠에서 깨어나 출
근을 서둘러야 할 시간이고, 게오르규의『25시』에서처럼
그 어떤 희망도, 구원의 손길도 끝난 최후의 시간이라고 할
수가 있다.

조금만 더
조금만 더
조금만 더 가지면 행복할 텐데

그 많은 탄식과
그 많은 설움과
그 많은 눈물
우주선을 타고 시공을 초월하여 여행하는
천 년 후에도 주르륵 흘러내릴 거야

지상낙원은 항상 미래형이지
인간은 불행의 유전자를 갖고 태어났어
눈물이 마르길 원치 않아
통곡이 끊기길 원치 않아
한은 계속 되어야 해

조금만 더
조금만 더
조금만 더 슬퍼할게
행복은 내일로 미루고
—「지상낙원」 전문

  인간의 삶은 고통의 연속이고, 이 고통을 어떻게 다스리
는가가 우리 인간들의 삶의 행복을 결정하게 된다. 이 세상
에 태어나 밥을 먹는 것도 힘들고, 어린 시절과 청소년 시
절부터 공부를 하며 친구들과 뛰어노는 것도 힘들다. 대학
을 졸업하고 취업을 하고 사랑하는 연인을 만나 결혼을 하
는 것도 힘들고, 조국에 충성을 하며 어버이로서 자식을 가
르치고 결혼시키는 것도 힘들다. 위에도 까마득한 절벽이
고, 아래도 까마득한 절벽이다. 오른쪽에도 까마득한 절벽
이고, 왼쪽에도 까마득한 절벽이다. 따라서 우리 인간들은
이 절벽과 절벽뿐인 삶 속에서 살아가기 위해 전지전능한
신들을 상정하고, 그들이 인도하는 지상낙원 속의 삶을 꿈
꾸게 된다.
  지상낙원이란 모든 것이 다 갖추어져 있고, 어느 것 하나
부족한 것이 없는 세계이며, 따라서 만물이 저절로 자라나
꽃을 피우고, 언제, 어느 때나 오곡백과가 넘쳐나는 세계를
말한다. 고통은 우리 인간들을 더없이 비겁하고 나약하게
만들며, 자기 자신의 힘으로 그 모든 것을 해결하지 못하고
부처와 예수를 믿으며, 극락의 세계와 내세의 천국을 찾아
헤매게 만든다.
  하지만, 그러나 부처와 예수는 전지전능한 신도 아니고,

이 우주에는 극락도 없고, 천국도 없다. 부처와 예수, 또는 극락과 천국은 고통을 싫어하고 그 고통을 무서워하고 두려워한 나머지 우리 인간들이 숨어든 도피처일 뿐, 우리 인간들의 참된 삶의 목표일 수가 없다. 이 세상에서 가장 행복하게 사는 비법은 만악의 근원인 탐욕을 뿌리 뽑고 자연의 이치에 따라 자기가 좋아하는 일을 하며 자기 자신의 행복을 연주하는 일일 것이다.

우원규 시인의 「지상낙원」은 그 명제와는 다르게 실낙원에 대한 노래이며, "조금만 더/ 조금만 더/ 조금만 더 가지면 행복할 텐데"라는 시구에처럼, 자기 자신의 욕망에 대한 자책과 자기 성찰의 시라고 할 수가 있다. 일류대학을 나와야 하고, 좋은 직장을 다녀야 하고, 명품 옷과 명품 차를 타고 다녀야만 한다. 아름답고 멋진 집에서 살아야 하고, 산해진미의 음식을 먹어야 하고, 어렵고 힘든 육체노동을 하지 않아야 한다. 언제, 어느 때나 만인들의 존경과 찬양을 받으며, 영원히 늙지 않는 젊음을 유지한다는 것이 우리 인간들의 탐욕의 진수이며, 이 탐욕이 "그 많은 탄식과/ 그 많은 설움과/ 그 많은 눈물"의 근본원인이라고 할 수가 있는 것이다. 부처도, 예수도 "우주선을 타고 시공을 초월하여 여행"을 다닌 적도 없고, 그들 역시도 우리 인간들의 부귀영화를 위해 그들의 자유와 행복, 또는 그들의 삶과 죽음까지도 너무나도 완벽하게 박탈당한 가공의 존재일 수밖에 없는 것이다. 모든 사찰과 교회는 부처와 예수의 지옥이고, 모든 찬양과 예배는 협박이며, 모든 돈과 예물과 고행은 차라리 전기고문과도 같은 것이다. "지상낙원은 항상 미래형"이고, 우리 인간들은 "불행의 유전자를 갖고 태어"났기

때문에, 그 반대급부로서 그 화풀이의 대상으로서 부처와 예수와도 같은 가공의 존재가 필요했던 것이다. 눈물도 마르지 않아야 하고, 통곡도 끊기지 않아야 하고, 한 역시도 계속되지 않으면 안 된다. 요컨대 "조금만 더/ 조금만 더/ 조금만 더 슬퍼할게/ 행복은 내일로 미루고"가 우리 인간들의 「지상낙원」의 삶의 양식이 되고 있는 것이다.

가난한 자가 복이 있고, 모든 욕망을 버린 자가 진정으로 행복하다. 불교에서는 탐진치貪嗔癡를 삼독번뇌三毒煩惱라고 부르고, 유교에서는 인의예지仁義禮智를 삶의 철학으로 강조한다. 탐욕을 버리고, 성 내지 말고, 어리석음을 버려야 한다는 것은 부처의 가르침이고, 어질게 살고, 의롭게 살며, 예절 바르고, 지혜롭게 살아가야 한다는 것은 공자의 가르침이고, 부모에게 효도하고, 타인의 재물을 탐내지 말고, 살인과 간음을 하지 말고, 네 이웃을 사랑하라는 것은 예수의 가르침이라고 할 수가 있다. 부처와 예수와 공자 등 모든 성인군자들의 가르침은 이처럼 만악의 근원인 탐욕을 버리고 어질고 착하고 예절 바르고 지혜롭게 살아가라고 가르치고 있지만, 우리 인간들은 누구나 다같이 성인군자의 삶의 철학을 배우고 실천하면서 살아가지는 못한다.

거울에 비친 나는 내가 아니다
껍데기만 웃고 있을 뿐
알맹이는 언제 돌아올지 모르는
긴 여행을 떠났다
─「자화상」부분

한 몸짓이 이유 없이 이렇게 혐오스러운 건
태초에 내려진 저주의 효력인가
    ―「바퀴벌레의 고독」부분

세상에서 가장 먼 거리는
아무리 달려도 좁혀지지 않는
나와 나 사이의 거리
차라리 아득한 거리 사이에서 거리를 알지 못하고
입에 돈다발을 한입 가득 문 채
흐뭇하게 웃고 있는 고사상 위의 한 마리 돼지이고 싶다
    ―「사이의 거리」부분

"조금만 더/ 조금만 더/ 조금만 더 가지면 행복할 텐데"
라는 탐욕이 "태초에 내려진 저주의 효력"처럼 「바퀴벌레
의 고독」을 만들고, "입에 돈다발을 한입 가득 문 채/ 흐뭇
하게 웃고 있는 고사상 위의 한 마리 돼지이고 싶다"는 탐욕
이 "나와 나 사이의 거리"(「사이의 거리」)를 만들고,

누구나 언제 터질지 모르는 혹 하나씩 달고 산다
번쩍이는 금빛 훈장처럼 자랑스럽게 빛나는 혹
삶의 전쟁터에서 공을 세울 때마다
혹은 하나씩 늘어나서
앙상한 가슴팍에서 주렁주렁 폼 나게 빛난다
    ―「누구나 혹 하나씩 달고 산다」부분

라는, 시구에서처럼, 누구나 혹 하나씩 달고 살게 만든다.

"거울에 비친 나는" 더 이상 "내가 아니"고, "껍데기만 웃고 있을 뿐/ 알맹이는 언제 돌아올지 모르는" 자아 없는 존재에 지나지 않는다. 악마에게 영혼을 팔아버린 파우스트는 자기 자신의 영혼을 되찾아 올 수가 있었지만, "입에 돈다발을 한 입 가득 문 채" 죽고 싶은 나에게는 영혼 자체가 없다.

> 세련된 스타일의 샤넬이 간지 나게 걷고 있다
> 순간적인 객기로 갈기갈기 찢어버린다
> 옷속은 칠흑 같은 허공이다
> 영혼은 사라진지 오래다
> 허공이 하루 동안 발바닥에 땀이 나게 질주한다
> 제자리만 맴돌고 있는 구두에 땀냄새만 배어 있다
> 루이비통을 든 샤넬과 구찌가 만나 악수를 한다
> 빈 옷소매만 바람에 나부낀다
> 육체는 사라진지 오래다
> 빨간 프라다가 킬힐을 신고 섹시하게 지나간다
> 로렉스 시계가 반짝이는 눈으로 따라간다
> 허공이 키스한다
> 감미로운 입술은 사라진지 오래다
> ─「허공의 질주」전문

인간의 탐욕을 최고의 선으로 미화시킨 인간이 있으니, 버나드 맨더빌이 바로 그 인간이라고 할 수가 있다. 버나드 맨더빌은 그의 책, 『꿀벌의 우화』를 통해서 중세의 기독교적 금욕주의와 이타주의를 비웃고, "악덕이라는 욕심이야말로 경제를 살리는 원동력이며, 사치는 생산을 늘리고 일

자리를 만들어 모든 인간들을 다 잘 살 수 있게 한다"고 역설한 바가 있었다. 버나드 맨더빌은 이 『꿀벌의 우화』를 통해서 모든 기독교인들에게 악명을 떨쳤지만, 그의 '탐욕론'은 자본주의의 경제학인 아담 스미스의 『국부론』을 탄생시켰고, 오늘날의 최첨단 경제발전과 '탐욕 만세의 세상'을 창출했다고 할 수가 있다.

'탐욕 만세의 세상', 즉, '자본주의'는 오늘날의 최고급의 문명과 문화를 창출해냈고, 수많은 사람들이 시공간을 뛰어넘어 행복한 생활을 하게 하고 있지만, 그러나 자본주의는 이기주의를 극단화시키는 반 사회적인 암적 종양이라고 할 수가 있다. 자본과 탐욕은 수많은 재화들을 창출해내고, 그 재화에 대한 소유권 다툼으로 '만인 대 만인의 싸움'을 연출해냈으며, 이 세상의 최고의 부자들이 모든 명예와 영광을 독식함으로써, 수많은 동식물들의 삶을 말살하고, 자연환경과 생태환경을 다 파괴시키게 되었던 것이다. 그린란드의 지하자원도, 북극해의 천연가스와 석유도, 남극해의 지하자원도 다 개발해야 했고, 히말라야 설산의 암석도, 아마존의 열대우림도, 동남아시아의 고무와 천연자원도 다 채굴하고 벌목하지 않으면 안 되었던 것이다. 그 결과, 수많은 동식물들이 멸종되거나 자취를 감추었고, 남극과 북극, 히말라야의 설산과 시베리아의 동토도 다 녹아내리며, 이상고온과 이상저온, 대홍수와 대폭설, 수많은 화산폭발과 가뭄 등으로 오늘날의 지구촌은 마치 열병환자처럼 몸살을 앓고 있는 것이다.

'탐욕 만세의 세상', 우리 인간들은 오늘날 이 '탐욕 만세의 세상'에서 영혼이 없는 '사치의 아이들'로서 살아가고 있다고 할 수가 있다. 세련된 스타일의 샤넬이 간지 나게 걷고 있고, 루이비통을 든 샤넬과 구찌가 만나 악수를 한다. 빨간 프라다가 칼힐을 신고 섹시하게 지나가고, 로렉스 시계가 반짝이는 눈으로 따라간다. 영혼이 사라진 지도 오래되었고, 육체가 사라진 지도 오래되었고, 샤넬과 루이비통과 구찌와 프라다와 로렉스라는 사치의 아이들이 유령처럼 살아간다. 자본주의 사회에서의 삶은 「허공의 질주」이며, 더 이상 인간이 인간으로서 살아갈 수가 없게 되어 있다.

비 내린 후 하늘이 낮게 내려와 있다
별들은 더 해맑게 미소짓고
잽싸게 달아나는 회색빛 구름 사이로
보름달이 불쑥 얼굴을 내밀고는 사라진다

배드민턴을 하고 있는 중년의 부부
푸른빛을 내는 야광 셔틀콕이
귀신불처럼 밤하늘을 휙휙 날아다닌다
노란 별을 쳐서 보내면
하얀 달이 날아온다
즐거운 웃음을 날려 보내면
멀리 길 떠난 사랑이 되돌아온다

활짝 웃으며
다정스레 주고 받는 그 마음이
예술이다
— 「날아라 셔틀콕」 전문

이 세상에서 가장 행복한 사람은 어떤 사람일까? 아마도 돈벌이와는 상관없이 자기가 가장 좋아하는 일을 하고, 그 일 속에 파묻혀 모든 걱정과 근심을 대청소해버린 사람이라고 할 수가 있을 것이다. 자기가 좋아하는 일을 하니 자유로운 사람이고, 이 자유로움을 만끽하며 그 어떤 명예와 명성을 떠나 살고 있으니, 삶 자체가 예술일 수도 있는 것이다.

우원규 시인의 「날아라 셔틀콕」은 자유의 셔틀콕이자 "활짝 웃으며/ 다정스레 주고 받는 그 마음이/ 예술이다"라는 시구에서처럼, 예술품 자체의 삶을 사는 행복이라고 할 수가 있다. "비 내린 후 하늘이 낮게 내려와" 있고, "별들은 더 해맑게 미소"를 짓는다. "잽싸게 달아나는 회색빛 구름 사이로/ 보름달이 불쑥 얼굴을 내밀고는 사라"지고, "배드민턴을 하고 있는 중년 부부"의 "푸른빛을 내는 야광 셔틀콕이/ 귀신불처럼 밤하늘을 휙휙 날아다닌다." "노란 별을 쳐서 보내면/ 하얀 달이 날아"오고, "즐거운 웃음을 날려 보내면/ 멀리 길 떠난 사랑이 되돌아온다." 우원규 시인의 「날아라 셔틀콕」은 "노란별을 쳐서 보내면/ 하얀 달이 날아"오는 '우주쇼'이자 "즐거운 웃음을 날려 보내면/ 멀리 길 떠난 사랑이 되돌아" 오는 지상낙원의 삶이라고 할 수가 있다. 아아, 그렇다. 지상낙원의 삶은 기적이고, 모든 불가능을 가능케 한다.

인간이 인간을 적대시하고, '만인 대 만인의 싸움'을 무차별적으로 전개시켜 나가는 이 '탐욕 만세의 세상'에서 그러나 우리 인간들이 자기 자신을 되찾고 인간성을 회복할 수 있는 유일한 길은,

나무는 무욕이라 무심하게 서 있다
나도 이따금씩 나무가 되고 싶다
비루한 인간의 오욕칠정을 다 버리고
말갛게 초록인 태고의 숲속에서
한 그루 하얀 자작나무로 서고 싶다

라는 「자작나무」와,

선선한 밤하늘 쏟아지는 별들을 올려다 보며
풍진 세상 오욕칠정 씻어주는
천상의 감로주
초승달에 철철 부어 들이키니
아… 별빛에 취한다
기분이 좋아 날아갈 듯하다

라는 「별빛에 취하다」에서처럼 인간의 "오욕칠정"을 다 버리고, 너와 내가 다같이 손을 맞잡고 대자연의 우주쇼를 연출하면서 살아가는 길뿐이라고 할 수가 있다. 시에는 사악한 생각이 하나도 없고, 시를 쓰는 사람은 언제, 어느 때나 자기 자신을 희생시키면서 그 언어의 별빛으로 만인들을 인도해 가는 사람이라고 할 수가 있다. "절에 가면/ 비우는 맛이 있어/ 참 좋다"라는 「풍경소리」처럼, 또는 "선선한 밤하늘 쏟아지는 별들을 올려다 보며" "풍진 세상 오욕칠정 씻어주는/ 천상의 감로주"를 "초승달에 철철 부어 들이키" 듯이 별빛에 취해 살아가게 된다.

우원규 시인의 『꿈속에서 또 꿈을 꾸다』는 꿈속에서도 악몽이고, 꿈 밖에서도 악몽을 꾸면서 살아가는 '자아 없는 인간'을 노래하고는 있지만, 그러나 다른 한편으로는 이 방법적인 부정 정신을 통해서 잃어버린 자기 자신을 되찾고 대자연과 함께 예술품 자체의 삶을 살아가고 있다고 할 수가 있다. 일찍이 데카르트가 신과 영혼과 천국과 지옥과 절대적인 그 모든 것들을 의심하고 또 의심했지만, 그러나 그 의심하는 나를 통해서 '나는 생각한다, 고로 존재한다'라는 인간의 자기 발견을 이룩해냈던 것처럼, 우원규 시인 역시도 드디어, 마침내 '예술품 자체의 삶'을 창출해낼 수가 있었던 것이다. 데카르트가 '신의 철학'을 '인간의 철학'으로 바꾼 현대철학의 아버지라면, 우원규 시인은 이 '탐욕 만세의 세상'에서 꿈속에서도 또 꿈을 꾸며 "천상의 감로주"를 "초승달에 철철 부어 들이"킬 줄 아는 최초의 시인이라고 할 수가 있다.

"아… 별빛에 취한다."

시인은 예술가 중의 예술가이며, 언제, 어느 때나 대자연의 지상낙원에서 예술품 자체의 삶을 산다.

우 원 규

우원규 시인은 대구 출생이고 본명은 우용수다. 경북대학교 영어
교육과를 졸업했고, 2009년 『만다라문학』 시부문 신인상과 2010
년 『만다라문학』 단편소설 부문 신인상, 그리고 2011년 『한국문
학신문』 단편소설 작품상으로 등단했다. 시집으로는 『위로』(2012
년)가 있고, 이 밖에도 2013년에 『선수필』 신인상을 수상했다. 우
원규 시인은 명상을 하며 시를 쓰는 시인이다.

우원규 시인의 두 번째 시집인 『꿈속에서 또 꿈을 꾸다』는 지상낙
원을 꿈꾸는 자의 삶의 철학이자 그 허망한 꿈에 대한 처절한 절
규라고 할 수가 있다. 꿈속에서도 악몽이고, 꿈 밖에서도 악몽인
"04시 44분 44초"—. 신도 없고, 지상낙원도 없고, 영원히 악몽
같은 현실만이 되풀이 되고 있는 이승에서의 삶이 바로 그것을 말
해준다고 할 수가 있다.

사이트 poet7.tistory.com
이메일 goldenpine7@daum.net

우원규 시집

꿈속에서 또 꿈을 꾸다

발   행   2025년 4월 5일
지 은 이   우원규
펴 낸 이   반송림
편집디자인   반송림
펴 낸 곳   도서출판 지혜, 계간시전문지 애지
기획위원   반경환
주   소   34624 대전광역시 동구 태전로 57, 2층 도서출판 지혜
전   화   042-625-1140
팩   스   042-627-1140
전자우편   eji@ji-hye.com
             ejisarang@hanmail.net
애지카페   cafe.daum.net/ejiliterature

ISBN   979-11-5728-565-5   03810
값   12,000원